DEUXIEME ÉPITRE

A

M. DE LAMENNAIS,

A L'OCCASION

DE SON LIVRE DU PEUPLE,

AVEC DE NOMBREUSES NOTES, ET SUIVIE D'UNE NOTICE BIOGRAPHIQUE
SUR LE MÊME, DE DIVERS FRAGMENS D'UN POÈME INÉDIT
SUR LA PREMIÈRE RÉVOLUTION FRANÇAISE, ET
D'UNE NOTICE SUR LES CAMALDULES,
L'ÉGLISE DE ST-GRÉGOIRE
A ROME, ETC.,

Par le Comte A. H. de Lahaye,

Membre honoraire de la Société d'Emulation pour le perfectionnement de l'instruction,
fondée en 1837 sous la protection de M. le ministre de l'instruction publique.

❋

PRIX : 2 F. 50 C.

❋

PARIS.

CHEZ HIVERT, LIBRAIRE, 55, QUAI DES AUGUSTINS.

—

1838

PRÉFACE.

———

Lorsque j'eus l'idée de composer, et que je composai bientôt une *première épître à M. de Lamennais*, je me demandai : à qui m'attaqué-je? qui suis-je pour entrer en lice? qu'en adviendra-t-il quant au but que je me propose, but chrétien, honorable, mais trop élevé pour mes forces? A qui m'attaqué-je? à un homme aussi grand par son génie, sa gloire éclipsée, sa foi première et son ancien amour pour *l'église catholique, apostolique, romaine*, que tristement remarquable par le déplorable excès de ses erreurs comme *chrétien*, comme *prêtre* et comme *citoyen* d'une patrie dans laquelle le volcan qui venait de faire une si violente irruption, fumait encore. Qui suis-je pour un tel adversaire? Rien en matière de théologie, presque rien comme écrivain et comme poète, mais comme catholique, comme ami de l'ordre et ennemi d'une démocratie qui se traduit toujours par le sang, enfin comme homme de raison et d'expérience je suis quelque chose, beaucoup peut-être. Qu'adviendra-t-il quant au but que je veux atteindre? Hélas! je l'ignore, mais les voies de Dieu me sont cachées, et j'espère.

Ces réponses à mes demandes appelèrent une autre question : publierai-je ? Ma faiblesse, l'obscurité de mon nom dans les lettres m'ont dit : non ; et l'espérance d'un bien problématique avec un interprète tel que moi, me cria pourtant : publie ; et, en septembre 1837, je livrai mon épître au public. Quel accueil lui fit-il ? Je ne le sais ; mais ce que je n'ignore point, c'est que l'espérance que j'avais caressée et fondée sur les premiers et glorieux antécédens, sur le cœur que, comme tant de personnes honorables, je ne croyais qu'égaré, sur le haut génie de M. de Lamennais, et non par une présomption qui n'eût été que ridicule de ma part ; c'est que, dis-je, cette espérance ne resta pas même, pour moi, au fond de la boîte de Pandore.

Le Livre du Peuple apparut, et avec lui, à mes yeux, l'impénitence finale de son délirant auteur. Je m'attachai, après la lecture de cet ouvrage, dernier éclair d'une intelligence déchue de sa première splendeur, à me rendre compte de tous ses écrits, bons et mauvais, et des doctrines saines et erronées qu'ils renferment. Me méfiant avec trop de raison de mes lumières et de mon propre jugement, je consultai les pages de ses admirateurs ; je lus les réfutations de ses œuvres, et pesant dans la balance d'une impartiale équité les impressions diverses que les unes et les autres firent naître en moi, alors ma pensée bien fixe fut que la lumière de l'éternelle vérité, et celle dont brilla si long-temps son génie, étaient éteintes par le vent des passions et de l'erreur pour M. de Lamennais, précipité de toute la hauteur des cieux, pour tomber dans le gouffre impur où siégent dans le sang, l'apostasie, le parjure, l'ambition, l'orgueil, l'ingratitude, l'esprit de sédition et la déraison.

Alors M. de Lamennais, prêtre sans foi, mortel superbe altéré de réputation , visant à troubler le monde chrétien, se posant comme le prophète d'un nouveau schisme dans l'Eglise, et comme le chef des peuples qu'il appelle à la révolte pour satisfaire son âpre haine et ses vues ambitieuses, M. de Lamennais, dans ses ouvrages monstrueux, m'apparaît hideux et glissant des deux pieds dans la boue et le sang. Il excite alors l'indignation, quelquefois la pitié de tous les hommes de bien. J'osai me croire de ceux-là :
Facit indignatio versum.

Cependant, je dois l'avouer, j'ai hésité dans ma composition, et plus hésité encore à la publier, non qu'aucune crainte pour ma personne ait pu m'arrêter ; mais je ne me suis pas décidé, sans une forte répugnance, à attacher mon nom tout ignoré, à ce que les uns appellent une effrayante et ridicule diatribe, et les

autres un excès de sévérité au moins intem-
pestive.

Quoi qu'il en soit, en écrivant tout auteur
a un but. Le mien est simple : il est, je le
crois, honorable, et j'ai dû le poursuivre.
Les écrits de M. de Lamennais ont perverti,
pervertissent de plus en plus, et ne perverti-
ront que trop encore des esprits jeunes, sans
expérience, portés d'eux-mêmes au mal, ou
ignorans. Hippocrate inhabile et nouveau,
j'essaie d'appliquer le remède sur une plaie
qui frappe mes yeux. Voilà mon but, et,
malgré tout, j'ai l'espoir que ce remède, tel
faible qu'il soit, ne sera peut-être pas sans ef-
ficacité et pour le blessant et pour les blessés.

Utinam! Et fasse le ciel que celui dont il
est dit *dans le Coup-d'OEil* (1) *sur le système*

____

(1) Vol. in-8º imprimé à Toulouse en 1832.

religieux et politique du journal l'Avenir (1),
après avoir éloquemment parlé des événemens de juillet 1830 :

« Alors un homme s'est levé, qui, la tête
» haute, marchant d'un pas ferme sur des
» *principes*, applaudit au présent, foule aux
» pieds tout ce qui est tombé, dit anathême
» au passé, et mêlant la religion à la poli-
» tique, le vrai avec le faux, les opinions ré-
» prouvées avec les saines doctrines, se pré-
» sente aux nations tumultueuses, la croix à
» la main, le *bonnet rouge* en tête (2), et non
» moins assuré de ce qu'il avance, que s'il
» eût rompu les sceaux du Temps, il se dit
» l'oracle des biens futurs et l'interprète de
» l'avenir.

» Génie enthousiaste, esprit faux, écrivain

(1) *L'Avenir* avait pour épigraphe : *Dieu et la Liberté.*
(2) 1793 nous a appris que *le bonnet de la liberté* est *le bonnet*
rouge. Infandum JUBET *renovare dolorem.*

» systématique, il refait le monde chrétien,
» il rêve un catholicisme nouveau, il y pousse
» tous les peuples, soumettant à leurs lois
» variables les rois eux-mêmes, pour soumet-
» tre ensuite les uns et les autres au pouvoir
» sans limites qu'il lui plaît de constituer, à la
» fois arbitre des choses humaines et juge
» souverain des intelligences. »

Oppressit me dolor meus.
(JOB, XVI. 8.)

Plaise à Dieu que cet homme, enfin, *resi-
piscat à diaboli laqueis* (II, TIM. 11 , 26),
qu'il s'humilie et soit pour l'Eglise et le monde
entier, autant un sujet d'admiration que
maintenant encore il en est un de scandale !!!

Continuus dolor cordi meo.
(ROM. IX. 2.)

DEUXIÈME ÉPITRE

A

M. DE LAMENNAIS.

DEUXIÈME ÉPITRE

A M. DE LAMENNAIS,

A L'OCCASION

DE SON LIVRE DU PEUPLE.

⸺◆⸺

> « Entre tous ceux-là j'excepte les ennemis
> » déclarés de Dieu et de son Eglise, puis-
> » qu'il faut les décrier autant que l'on peut,
> » comme les chefs des hérétiques et des
> » schismatiques, et de tous les partis. C'est
> » charité que de crier au loup quand il est
> » entre les brebis, quelque part qu'il soit. »
>
> (Saint FRANÇOIS DE SALES, *Vie dévote*,
> chap. XXIV, *de la Médisance.*)

Pour toi ma faible voix fut la voix au désert :

Le démon de l'orgueil que ton cœur aime et sert, (1)

A pas précipités t'a conduit en l'abîme

Où tu veux avec toi, dans l'erreur qui t'anime,

2

Pour prix de ses fureurs, ton exécrable ouvrage?
Et toi, dirai-je encor, dont l'orgueil et la rage
Ont troublé de nouveau la paix de l'univers,
Que doit-il t'advenir de nos tristes revers?
Poursuis, et tu sauras de ma Muse sincère
Ce qu'à chacun de vous Dieu garde en sa colère (4).

Imbécille instrument de ceux qui, comme toi,
N'ont qu'un vil intérêt et pour guide et pour loi,
Le peuple, ici, semblable aux ardentes abeilles,
Dont les constans travaux ne soldent pas les veilles,
(Nous l'avons vu toujours) en suivant, factieux,
Les infernaux conseils d'impurs ambitieux,
Forge pour lui des fers et fonde la puissance
De fortunés ingrats dont la dure insolence
Imprime sur son front le sceau réprobateur,
Et, pour un mot, le livre au glaive du licteur.
Le peuple alors, qu'en vain ta lâcheté récuse,
A ses haillons rendu, te maudit et t'accuse;

Et si du Capitole il t'a cru digne un jour,

Du rocher Tarpéien il mesure le tour,

T'y transporte et, d'un pied que la fureur agite,

Dans l'Océan des airs enfin te précipite.

Le crois-tu satisfait? Ne le pense pas ; non,

Il veut que ses enfans pâlissant à ton nom,

Comme lui, dans mille ans, le maudissent encore ;

Et qu'en profond mépris, du couchant à l'aurore

Il devienne un affront pour l'orgueilleux mortel,

Infâme contempteur des lois et de l'autel.

Ne t'imagines pas que ma Muse indignée

Force ici ses couleurs et, de fiel imprégnée ,

Rime, pour te changer, sur un ton menaçant ;

Si les jours sont passés où, pour rendre innocent

Un cœur tout à l'orgueil, on essayait encore

D'arroser d'un doux miel le mal qui le dévore ;

Aujourd'hui nous devons au prêtre impénitent

La dure vérité, qu'à son dernier instant

La voix plus solennelle et pour lui plus puissante
D'un Dieu trop méconnu, redira foudroyante.

C'est alors, Lamennais, que de l'éternité
Les portes s'ouvriront sur ton iniquité ;
C'est alors que des temps de vertus et de gloire,
Rappelant en ton cœur l'inutile mémoire,
Sur eux tu voudras faire un consolant retour ;
Et, qu'invoquant trop tard ton passager amour,
Tu regretteras l'heure où, frappé d'atonie,
Mais fidèle à ta foi, tu râlais l'agonie,
Et cherchais du Dieu fort l'auguste volonté,
En léguant à ton frère, ému de charité,
L'héritage divin de défendre l'église
Pour laquelle ton ame était forte et soumise (5).
C'est alors que l'orgueil par qui tu t'es perdu,
Sous les traits de Satan, à ton œil éperdu
S'offrira glorieux de sa haute victoire,
Et de ta vie ainsi te redira l'histoire :

« Ange que j'ai soumis à mon pouvoir jaloux,

» Tu te crus trop puissant pour craindre mon courroux ;

» Le Dieu que tu servis dans tes jeunes années,

» Remettant en tes mains l'heur de tes destinées,

» D'une saine raison t'avait daigné doter

» Afin que du vrai seul rien ne pût t'écarter.

» Ce Dieu dont malgré moi je subis la puissance,

» Qui remplit l'univers d'une éternelle essence,

» Voulut, tu le savais, qu'ange précipité,

» Sur les faibles humains je prisse autorité,

» Quand, désertant du Christ la religion sainte,

» A leur mauvais instinct ils se livrent sans crainte.

» Tant que de l'Homme-Dieu tu défendis l'autel,

» Et rendis à son culte un tribut solennel,

» Ma main, à te saisir vainement toujours prête,

» Ne put jamais au ciel disputer ta conquête.

» Mais un jour, et depuis (l'enfer en tressaillit

» De joie et de fureur) de mon antre jaillit

» En longs et noirs sillons la dévorante flamme

» Qui devait à la fin me soumettre ton ame.

» Tel qu'un noir scorpion à toi je m'attachai,

» Et ton guide en tous lieux devant toi je marchai,

» Afin qu'en aucun jour, de ta vertu première

» Ne pût naître pour toi le regret salutaire.

» Je te rendis ingrat, astucieux, menteur,

» Et de rébellion ardent prédicateur;

» De ton entendement étouffant la lumière,

» Je te donnai le dard de l'affreuse vipère;

» J'échauffai ton venin au feu des passions,

» Et je t'environnai de tant d'illusions,

» Que ton cœur endurci, ton esprit à la gêne,

» Montrèrent à la terre un nouvel *Origène* (6).

» Je te soufflai mon souffle, et, perdu pour le ciel,

» Alors prêtre apostat, plein de haine et de fiel,

» Ton cœur d'aigle et de tigre, attaquant par l'outrage

» Tout ce que les mortels eurent de plus sûr gage

» D'espoir et de bonheur, tes spécieux écrits (7),

» Distillant leurs poisons, ont troublé les esprits.

» Mon infernal génie, exaltant ton courage,

» Te dicta contre Rome un criminel ouvrage ;

» Et subissant toujours ma seule volonté,

» On te vit proclamer l'absurde *égalité*.

» Caressant ton orgueil, ton atroce manie,

» De tes noires humeurs j'accrus l'acrimonie ;

» A toi-même toujours aimant à t'opposer,

» J'excitai ta faconde et te fis encenser,

» Lorsqu'en tous tes écrits ta rare inconséquence

» Lassait de tes lecteurs la longue patience.

» Je voulus, en un mot, par un dernier effort,

» Que ton dernier excès fût l'arrêt de ta mort ;

» Et *le Livre du Peuple*, épouvantant le monde (8),

» Publia, de ton cœur, la démence profonde

» Qui devait pour toujours faire ramper sous moi

» L'hypocrite apostat esclave de ma loi.

» J'ai dit : c'est à celui dont l'éternel empire

» Comprend l'immensité, de juger ton délire,

» Vainement sa clémence éteindrait son courroux ;

» Pour l'homme impénitent, tremblant à ses genoux,

» Il n'est point de pardon. Sa voix se fait entendre....

» Frémis au jugement qu'elle va bientôt rendre ! »

« Ingrat mortel en qui mes divines bontés

» Avaient de mon esprit répandu les clartés ;

» Atome que du sein d'une vile poussière

» Je voulus bien un jour animer sur la terre,

» Afin qu'à mes enfans annonçant ma grandeur,

» De mon œuvre éternel tu dises la splendeur...

» Toi que j'avais couvert de ma grace infinie,

» Caressé d'un rayon de mon puissant génie,

» Et pour qui mon amour tenant ouverts les cieux,

» T'avait fait leur organe, afin qu'à tous les yeux

» Tu montrasses toujours l'intérêt de ma gloire,

» Et fisses de mon nom respecter la mémoire ;

» Toi que je fis encor l'ouvrage de mes mains

» Pour parler ma parole et prêcher aux humains,

» Comme un gage de paix et d'heureuse concorde,

» L'amour de mon Église et sa miséricorde ;

» Toi dont l'intelligence et le profond savoir

» Furent les hauts bienfaits de mon divin pouvoir ;

» Ingrat ! dont la raison que j'avais faite libre ,

» Pour le sentier du bien avait son équilibre ;

» Pour qui je fis briller, pendant tes nuits d'erreurs,

» D'un pardon assuré les clémentes douceurs ;

» Pour qui je suscitai, de tes vertueux frères

» Les célestes conseils et les saintes colères,

» Afin qu'un jour ton ame, accessible aux remords,

» Du fleuve ténébreux n'errât plus sur les bords,

» Et que , devant ton Dieu , la tête dans la poudre ,

» A ne point te frapper il daignât se résoudre...

» Quel usage as-tu fait, pour mes fils et pour moi,

» Des trésors infinis que ma grace eut pour toi? »

L'Éternel a parlé !... sa parole sévère

Jusqu'en ses fondemens a fait trembler la terre ;

Les cieux en ont frémi; les anges consternés

Devant sa face auguste accourent prosternés ,

Et Satan, agité de fureur et de crainte,
Fait cesser aux enfers la souffrance et la plainte.

L'Eternel t'a maudit; et de son tribunal
Foudroyant contre toi l'anathême fatal,
Il te lance en l'abîme où, rugissant de joie,
Les démons rassemblés vont dévorer leur proie.

NOTES.

NOTES.

***

(1) Vos pensées, dit l'apôtre saint *Jude*, sont devenues semblables aux flots d'une mer irritée, et les œuvres de votre prudence ne sont plus que l'écume de votre ignominie. *Fluctus feri maris, despumantes suas confusiones.* Nuée sans eau, vous ne portez plus que la foudre ; arbre d'automne, vos feuilles sont tombées ; vous êtes doublement mort, et à la vérité et à l'amour ; astre détaché du firmament, votre entendement n'a plus pour ciel que le doute, pour patrie que la nuit, qu'une éternelle nuit de tempête et d'erreurs : *Arbores autumnales..... bis mortuæ, eradicatæ. Sidera errantia ; quibus procella tenebrarum servata est in æternum.*

(2) *Maledictus Chanaan , servus servorum erit fratribus suis.*
(*Genèse*, **XIX, 25.**)

Sepulchrum patens est guttur eorum ; linguis suis dolosè agebant, *venenum aspidum sub labiis eorum.* (**Paul, XIII, 25.**)

---

(3) Je suis bien résolu à me placer désormais, comme écrivain, *en dehors de l'Église et du catholicisme..... En dehors de la foi*, il y a *la raison ; en dehors de l'Église*, il y a *l'humanité :* je me renferme dans cette sphère.....

(Extrait d'une lettre adressée, de La Chenaie, le 26 mai 1833, à M. l'abbé *Combalot*, par M. de Lamennais.)

---

(4) Væ prophetis insipientibus, qui sequuntur spiritum suum, et nihil vident. (**Ezech., XIII, 3.**)

---

(5) **M.** de Lamennais, aux portes du tombeau, par suite d'une maladie grave, portant ses mains glacées çà et là, triste présage du dernier instant, et interrogé sur ce qu'il semblait chercher, répondit d'une voix ferme : « Je cherche la volonté de Dieu. Mon frère, ajouta-t-il, je vous lègue la défense de l'Eglise ; c'est le dernier mot de mon testament. »

(*Lettres de M. l'abbé Combalot à M. de Lamennais.*)

(Note de l'auteur.)

---

(6) *Vincent de Lerins* parle ainsi d'*Origène :*

« Cet homme eut tant de qualités brillantes et extraordinaires,
» qu'il était bien difficile de ne se pas ranger d'abord de son côté
» et se prévenir pour sa doctrine. Que faut-il pour persuader?
» une conduite irréprochable. Origène avait beaucoup de pru-

» dence; il était chaste, patient, modéré. Faut-il de la naissance
» et de l'érudition? Origène était né dans une famille illustrée
» par le martyre; il avait perdu son père et tout son bien pour
» la cause de la foi. Dans cette pauvreté, sa vertu s'était perfec-
» tionnée, car il souffrit souvent pour la confession de Jésus-
» Christ. Outre ces titres, qui lui donnaient de la réputation et
» qui attachaient à lui, c'était un génie supérieur, et l'on ne trou-
» vait nulle part ailleurs tant d'élévation, tant d'étendue, tant de
» force d'esprit et d'élégance. Joignez à cela une science et une
» érudition universelles. Il était habile dans la science des let-
» tres divines, et il excellait dans la philosophie humaine; il
» parlait grec et hébreu avec exactitude; de plus, il était élo-
» quent, et son éloquence était de bon goût. Sa manière d'écrire
» est agréable et engageante; la délicatesse et la netteté y bril-
» lent partout; son style persuasif triomphe de l'esprit du lecteur;
» les difficultés et les obscurités disparaissent devant lui.

» Ne croyez pas que ce soit un écrivain qui ne se soutienne que
» par les tours d'une imagination éblouissante : jamais homme
» n'a appuyé ce qu'il avançait par plus d'exemples tirés de l'Ecri-
» ture-Sainte; mais ses ouvrages si solides ne sont pas en petit
» nombre. Afin qu'il ne lui manquât aucun des moyens de de-
» venir habile, il a long-temps vécu; heureux de ce côté-là, plus
» heureux encore par la qualité et le nombre de ses disciples. De
» son école est sortie une multitude surprenante de savans ecclé-
» siastiques, d'évêques, de confesseurs et de martyrs.

» La réputation d'Origène, fondée sur tant d'avantages, se
» répandit de toutes parts. On l'admirait, on le louait, on l'ai-
» mait; et pour peu qu'on eût du zèle pour la religion, on venait
» des extrémités de la terre pour être son disciple. Les chrétiens
» le regardaient comme un prophète, et les philosophes le res-
» pectaient comme le plus grand homme qui eût paru. Cette ad-
» miration passa des personnes ordinaires aux grands et aux em-
» pereurs. On sait que la mère de l'empereur Alexandre le fit
» venir auprès d'elle. Cette princesse, qui aimait la vérité et
» qui avait un goût louable pour la vraie sagesse, voulut enten-
» dre un homme si illustre. On voit encore ses lettres à l'empe-

» reur Philippe, qui, le premier, embrassa la religion catho-
» lique; il les écrivit pour expliquer à ce prince les vérités de
» la foi.

» Ce qui empêche le témoignage des chrétiens d'être équivoque
» sur l'article d'Origène, c'est que celui des païens ne lui est pas
» moins avantageux : Porphyre, ce philosophe si fameux par son
» impiété, avoue que, frappé de la grande réputation d'Origène,
» il fit, dans sa jeunesse, le voyage d'Alexandrie pour le voir,
» et qu'il vit en effet un homme qui, dans une vieillesse vigou-
» reuse, possédait toutes les sciences imaginables. Je ne finirais
» pas si je voulais entrer dans un dénombrement exact : je dois
» seulement faire remarquer que toutes ces grandes qualités qui
» le rendirent si illustre, le firent en même temps devenir une
» tentation dangereuse; car comment se détacher d'un maître
» dont le génie, la science et l'éloquence étaient des attraits si
» engageans? N'était-on pas tenté de dire : J'aime mieux errer
» avec Origène, que trouver la vérité avec d'autres maîtres?
» L'événement ne l'a que trop justifié : les noms de docteur et
» de prophète ont été un piége qui a entraîné beaucoup de per-
» sonnes dans l'erreur.

» Cet Origène tant vanté abusa des dons de Dieu; il compta
» trop sur ses lumières; il se confia trop dans son propre esprit :
» de là ce mépris pour l'ancienne simplicité de la foi, sa pré-
» somption qui lui fit croire que personne n'en savait autant
» que lui; de là son dédain pour la tradition de l'Eglise et
» les sentimens des anciens pères; de là sa hardiesse à inter-
» préter, selon ses pensées particulières, certains endroits de
» l'Ecriture, où il a mérité qu'on lui appliquât ces paroles de
» Moïse :

« S'il s'élève au milieu de vous un prophète de ce carac-
» tère..... vous n'écouterez pas les paroles de ce prophète, parce
» qu'en cela Dieu vous éprouve par la tentation, pour voir si
» vous l'aimez ou non. »

» Et, certes, ce ne fut pas alors une tentation ordinaire, ce fut
» une grande tentation. On vit un homme que toute l'Eglise ad-
» mirait, en qui elle voyait avec étonnement la vaste étendue du

» génie, la science, l'éloquence, la pureté des mœurs réunies;
» un homme qui semblait ne devoir être suspect par aucun en-
» droit, travailler à faire passer insensiblement cette même
» Eglise, de la foi ancienne dans de profanes et coupables nou-
» veautés. »

Si M. de Lamennais peut, sans trop d'amour-propre, se reconnaître dans bien des points de la première partie du portrait
que *Vincent de Lérins* a fait d'*Origène*, il n'est que trop certain que,
si la vérité et la lumière brillent un jour de nouveau pour lui,
ce que nous ne cesserons d'appeler de nos vœux, il gémira de la
ressemblance frappante que sa conduite, ses actes et ses écrits
offrent avec la dernière partie de ce même portrait.

(Réflexion de l'auteur.)

------

(7) *Astutam vapido servat sub pectore vulpem.*

(Perse, sat. V.)

------

(8) Dans son *Livre du Peuple*, répétition et bien pâle reflet de
ses *Paroles d'un Croyant*, M. de Lamennais, souvent en contradiction avec lui-même, nous paraît pourtant d'autant plus per-
fide et plus dangereux pour tous, qu'il fait suivre les conseils de
sa plume dorée et toute poétique, de l'autorité des éternelles et
saintes maximes de la religion de Jésus-Christ, en DEHORS de laquelle, dans sa lettre du 26 mai 1833, à son ancien ami l'éloquent et savant abbé *Combalot*, il a FORMELLEMENT annoncé vouloir se placer.

M. de Lamennais, duquel tout homme de bien s'écriera douloureusement : *Quantùm mutatus ab illo !* après avoir dit au
peuple : « Lève-toi, renverse ce qui est, et prends ce que tu n'as
» pas, » ne craint point de lui prêcher l'accomplissement de
tous les devoirs que Dieu impose. Orgueilleux avec moins d'inconséquence, M. de Lamennais aurait pu comprendre, comme

le peuple le comprendra contre lui, nous l'espérons, que le premier devoir d'un chrétien, d'un ministre de Dieu, et d'un bon citoyen, est de ne pas faire aux peuples un appel à la révolte; appel d'ailleurs toujours infâme, en osant s'appuyer de l'autorité des paroles divines du Christ, et prophétisant aux nations un avenir *impossible*, et que la prédication du trouble et du désordre, quelles que soient les couleurs d'or et d'azur sous lesquelles on la déguise, serait, certes, la moins propre à obtenir pour eux des lois si évidemment contraires à son immuable sagesse.

(Note de l'auteur.)

NOTICE BIOGRAPHIQUE

M. DE LAMENNAIS.

NOTICE BIOGRAPHIQUE

SUR

M. DE LAMENNAIS,

EXTRAITE

DE LA BIOGRAPHIE DES HOMMES DU JOUR (1).

« *Lamennais* (Félicité-Robert, abbé de), est né à *Saint-Malo*
le 19 juin 1782... Sa jeune tête eut une répugnance invincible
à se plier aux affaires. Son père en exprimait sa peine à Mgr.
de Pressigny, alors *évêque de Saint-Malo*, qui lui prédit, as-

(1) Nous consulterons souvent M. Edmond Robinet. *Etudes sur l'abbé
de Lamennais.* (*Biographie des Hommes du jour.*)

sure-t-on , que son fils deviendrait la gloire du clergé français,
en lui conseillant de ne point contrarier les vues que la Providence pouvait avoir sur lui. Le seul prix qu'il remporta dans
sa vie, fut une image chez un maître d'école, à l'âge de *sept à
huit ans*. Dès-lors il fuyait le monde , parlait peu et se com-
plaisait dans la solitude.

Le fond du caractère de M. de *Lamennais* paraît avoir été
un amour ardent de l'indépendance, une horreur de l'assujettis-
sement, poussés au point de refuser d'apprendre ce qu'on vou-
lait lui enseigner, une volonté déjà inébranlable, une sorte de
défiance des hommes.

Sa première éducation se trouva confiée aux soins d'un vieil
oncle. C'était à grande peine que le maître obtenait respect et
soumission de son élève. Le plus souvent il l'enfermait seul , à
double tour, dans sa bibliothèque, en lui mettant entre les
mains *Horace* et *Tacite*, qui furent les premiers auteurs qu'il
lut en latin , et il ne l'apprit jamais autrement.

De cette manière, il se trouva un peu abandonné à lui-même
dans la formation de ses *croyances religieuses*. Passionné pour
l'étude, il ne se refusait à rien lire, à rien examiner. S'il aimait
Rousseau, il se sentait un grand entraînement pour les idées
de *Mallebranche*, le *Platon* du christianisme.

Il arriva ainsi à sa *quinzième année*, sachant prodigieuse-
ment de choses, mais avec une intelligence agitée, et ballotté
violemment dans le chaos que la science avait fait autour de
lui. Alors il y eut un moment où l'on put douter de lui ; c'est le
moment où les orages du cœur viennent se mêler à ceux de l'es-

prit. Il se remit à l'œuvre avec une curiosité et une avidité infa-
tigables. Il recommença alors une étude approfondie de la religion. Il voulut tout voir, tout examiner ; il disputa pied à pied
sa conviction, il ne céda qu'en combattant.

Ce ne fut qu'à cette époque, à l'âge de *vingt-deux ans*, qu'il
fit sa *première communion*. A peu près dans le même temps,
il était *professeur de mathématiques à Saint-Malo*. Mais déjà
le spectacle de la société et du malaise qui la travaillait inté-
rieurement, avait fixé douloureusement ses regards. Sa voix
ne tarda pas à se faire entendre, et il publia en 1808, âgé
de *vingt-six ans*, *les Réflexions sur l'état de l'Eglise de
France*, qui furent saisies aussitôt par la police de *Napoléon*.

M. de Lamennais vint à *Paris* en 1814, à l'âge de *trente-
deux ans*. Il y vécut très pauvre, dans une petite chambre de la
rue *Saint-Jacques*..... Il fulmina contre l'*Université impériale*,
et à ce propos, contre celui qui l'avait fondée, des imprécations
peu généreuses. Ce n'est pas que la parole ait d'indignations
assez fortes, de flétrissures assez brûlantes pour stigmatiser
cette institution, la plus tyrannique et la plus immorale que
nous ait léguée l'*Empire;* mais quand M. de Lamennais se
laissait aller à dire, en thèse générale, *qu'étudier le génie de
Bonaparte dans les institutions qu'il forma, c'est sonder les
noires profondeurs du crime et chercher la mesure de l'humaine perversité*, il y avait certes passion, aveuglement,
inintelligence du rôle providentiel de *Bonaparte*.

Bonaparte remonta sur le trône. Après ce qu'il avait écrit,
M. de Lamennais pensa qu'il serait prudent de quitter la

France, et partit pour l'*Angleterre* avec une lettre pressante de recommandation pour l'abbé *Carron*, qui dirigeait alors près de *Londres* un établissement destiné dans le principe à l'éducation des enfans des émigrés. Il fut accueilli par lui avec bonté, et se mit trois mois en pension au village de *Kensington*, pour y apprendre l'anglais. Puis, comme il se trouvait dans un entier dénûment, il chercha à se placer comme précepteur dans une famille anglaise.

On a peine à se figurer l'homme qui, deux ans plus tard, allait prendre rang parmi les écrivains les plus illustres de son temps, celui qui roulait alors dans sa pensée le plan de l'*Essai sur l'indifférence;* on a peine à se le figurer pauvre, tremblant, le chapeau à la main, se présentant honteux, avec un habit usé, devant une noble dame anglaise, madame *Jerningham*, belle-sœur de lord *Stafford*, qui ne l'invita pas même à s'asseoir, et le renvoya ignominieusement, prétextant qu'il avait *l'air trop bête.*

Bref, il ne réussit pas à trouver une place dans ce riche pays d'Angleterre, *qui n'a d'or que pour ce qui se voit, ce qui se touche, ce qui se mange,* pour nous servir des expressions de *Platon*, et il revint habiter à l'établissement de M. *Carron*.

Au mois de novembre 1815, après *sept mois* de séjour en Angleterre, M. de Lamennais revint en France avec le pensionnat de M. *Carron*, et il se fixa près de la maison des *Feuillantines.*

Un mois après, sur l'instigation de M. *Carron*, et celle de son *frère (Jean de Lamennais)*, il entrait à *Saint-Sulpice.* Là, il fut jugé par ses compatriotes, à peu près comme il l'avait été par la grande dame d'Angleterre. Ces messieurs lui firent alors une *réputation d'imbécillité*, comme ils lui feraient aujourd'hui une *réputation de folie*, car il avait eu le tort de ne pouvoir se plier au régime de leur maison; et au bout de *quinze jours* il revenait aux *Feuillantines*, disant que *le plus beau jour de sa vie était celui où il s'était senti libre sur le pavé de la rue du Pot-de-Fer.*

Toutefois son parti était pris avec le monde, car, en quittant *Saint-Sulpice*, il ne renonça pas au projet de se consacrer plus spécialement au culte des autels; et l'année suivante, en 1816, il fut ordonné *prêtre* à *Rennes*, en Bretagne, âgé de *trente-quatre ans.* Aussitôt après il revint aux *Feuillantines*, près de l'abbé *Carron*, et ce fut là qu'il mit la dernière main au premier volume de *l'Essai sur l'indifférence en matière de religion*, qui parut en 1817.

C'est à grands traits que l'écrivain religieux peint ce siècle auquel il vient donner d'utiles et grands enseignemens. « Le siècle le plus malade, dit-il, n'est pas celui qui se passionne pour l'erreur, mais celui qui néglige, qui dédaigne la vérité. Il y a encore de la force, et par conséquent de l'espoir, là où l'on aperçoit de violens transports; mais lorsque tout mouvement est éteint, lorsque le pouls a cessé de battre, que le froid a gagné le cœur, qu'attendre alors qu'une prochaine et inévitable dissolution?.... Qui soufflera sur ces ossemens arides pour les ranimer? Le bien, le mal, l'arbre qui donne la vie et celui qui produit la mort, nourris par le même sol, croissent au milieu des peuples qui , sans lever la tête , passent , étendent la main et saisissent leurs fruits au hasard. Religion, morale , honneur , devoir , les principes les plus sacrés comme les plus nobles sentimens, ne sont plus qu'une espèce de rêves, de brillans et légers fantômes qui se jouent un moment dans le lointain de la pensée , pour disparaître bientôt sans retour. Non , jamais rien de semblable ne s'était vu , n'avait pu même s'imaginer. Il a fallu de longs et persévérans efforts, une lutte infatigable de l'homme contre sa conscience et sa raison , pour parvenir enfin à cette brutale insouciance. Contemplant avec un égal dégoût la vérité et l'erreur, il affecte de croire qu'on ne les saurait discerner , afin de les confondre dans un commun mépris : dernier degré de dépravation intellectuelle où il lui soit donné d'arriver. »

Après ce lugubre et éloquent tableau , il est aisé de comprendre quelle tâche immense c'était que de réveiller notre siècle de son assoupissement léthargique , et de reconstruire sur des bases solides *la Religion dépouillée de tous ses prestiges*. M. de Lamennais vint se constituer son défenseur ; il sentit qu'il fallait aborder franchement et nettement la question. Sortant du domaine vague des généralités , dans lesquelles personne n'aime à se reconnaître , il toucha sans ménagement à la plaie vive de la société , et produisit une impression convulsive et profonde. *Quarante mille* exemplaires de son ouvrage , écoulés en peu d'années , attestent de la puissance du sujet et de la supériorité de l'écrivain... Logicien comme *Pascal* et passionné comme *Rousseau*, peut-être abusa-t-il quelquefois de la richesse de sa parole. Son imagination s'y joue trop souvent avec les sépulcres et les fantômes ; et les formes sévères de la philosophie auraient à y reprendre, avec raison, un certain penchant à la période oratorienne, qui ne dissimule pas toujours entièrement le dessein de frapper autant que de vaincre.

Deux années s'écoulèrent entre le *premier et le second volume de l'Essai sur l'Indifférence.* Dans cet intervalle, M. de Lamennais se trouva en rapport avec toutes les sommités royalistes de cette époque ; et de son alliance avec MM. de *Cháteaubriand*, de *Bonald*, *Frayssinous*, *Castelbajac*, *Fiévée*, de *Villèle*, etc., résulta le *Conservateur.*

Le gouvernement de *Charles X* sentit fort bien que, s'il laissait porter atteinte aux *libertés*, il perdrait sur le clergé le droit de suzeraineté, et M. de Lamennais fut appelé sur les bancs de la police correctionnelle. Défendu par M. *Berryer*, il fut condamné. C'est dans cette circonstance que, s'adressant à ses juges, M. de Lamennais termina ainsi une courte allocution : *Et vous saurez ce que c'est qu'un prêtre!*

Son ouvrage des *Progrès de la révolution et de la guerre contre l'Eglise*, qui parut en 1829, témoigne d'un progrès immense vers les doctrines de la *liberté*. Le pouvoir légitime y est parfois traité avec beaucoup d'irrévérence ; et *l'archevéque de Paris*, dans l'intention, nous l'imaginons, de se montrer bien plus le très humble serviteur de la cour que l'enfant soumis de l'Eglise, se dépêcha de fulminer un *mandement* contre l'auteur révolutionnaire de ce livre. M. de Lamennais répondit à ce mandement par *deux lettres* qu'on a accusées de violence et de brutalité. Il est vrai qu'on y engageait *l'archevêque* à sortir de la *boue des cours*, vu qu'elle est glissante, et que le peuple pardonne peu ses souillures (1).

La *révolution de juillet* éclata sur ces entrefaites. Peu de mois après fut fondé le journal l'*Avenir*, qui souleva contre M. de Lamennais une partie même de ses adhérens. En effet, bien que la plupart de ses *vues nouvelles* eussent été préparées par ses écrits antérieurs, et surtout par le dernier, il y avait à noter en réalité des différences profondes ; car du jour où M. de Lamennais avait été porté à méditer sur les dangers du despotisme, il fut acquis à la *liberté*.

La révolution de juillet ouvre une ère nouvelle dans la carrière intellectuelle de M. de Lamennais. Pour qui croit que la Providence dirige les affaires de ce monde, cette catastrophe soudaine avait en effet de quoi frapper vivement, et méritait d'être le sujet de réflexions profondes... Pendant que les catholiques français pleuraient sur les ruines du trône, M. de Lamennais, tout en respectant leurs affections et leurs larmes, crut que le moment était venu de leur dire hautement leurs fautes, et de les presser de s'interroger sévèrement, pour voir s'ils n'avaient point manqué en quelque chose, soit dans leurs idées, soit dans leur conduite, à la mission qu'ils avaient reçue ; afin qu'ayant compris où était leur part dans le mal, ils

(1) Il est inutile de faire observer au lecteur que ces réflexions sont littéralement rapportées dans la *Biographie des Hommes du jour*.

pussent aussi apporter leur part dans la restauration future de la société.

Ce fut dans ce but que fut créé le journal l'*Avenir*. Dès l'abord, la *révolution de juillet* y était acceptée franchement et sans restriction : le passé y parut peu digne de regrets ; et pour rendre plus claire aux catholiques la pensée sociale qui devait les guider dans la voie nouvelle, les rédacteurs de l'*Avenir* prirent pour *épigraphe* ces deux mots : *Dieu* et la *Liberté*.

La *rédaction* de ce journal fut dirigée par M. de *Lamennais*, et sa publication marquera toujours comme une des époques les plus importantes de sa vie intellectuelle. Mais, dans cette circonstance, il commit une faute grave, ce fut celle de *soumettre les doctrines politiques de l'Avenir à l'approbation du Saint-Siége*. En dehors des choses de la foi, il ne devait reconnaître, pas plus au Souverain Pontife qu'à tout autre, le droit de venir lui demander compte de ses pensées...

M. de Lamennais eut bientôt lieu d'être cruellement désabusé ; et nous croyons que la condamnation de ses doctrines par la cour de Rome fut un événement heureux, en ce sens qu'elle l'amena à réfléchir encore, et à lui faire sentir plus profondément, s'il est possible, la nécessité d'une distinction radicale entre l'ordre politique et l'ordre religieux.

Les doctrines des rédacteurs de l'*Avenir* furent donc brutalement condamnées dans une *lettre encyclique du 15 août 1832*, où les épithètes les plus outrageantes furent adressées au *vénérable prédicateur des nations*, dont *la méchanceté sans retenue, la science sans pudeur* et *la licence sans bornes* consolent le peuple dans ses misères et lui ouvrent les trésors de l'espérance chrétienne. L'*Avenir*, provisoirement suspendu, ne reparut plus, et les rédacteurs engagèrent instamment leurs amis à donner, comme eux, l'exemple de la *soumission au Saint-Siége*.

Les choses en étaient là, et cette affaire semblait entièrement terminée, lorsque, dans un *bref du* 8 *mai* 1833, adressé à l'*archevéque de Toulouse*, le Pape témoigna encore des *doutes sur la sincérité des sentimens* exprimés par les *rédacteurs de l'Avenir*. Nous ignorons quelle était la cause de cette défiance ; mais puisqu'on avait rendu de nouvelles explications nécessaires , **M.** de Lamennais se crut obligé de déposer derechef, au pied du Saint-Siége, l'expression de ses sentimens, et il déclara en conséquence : « *Que personne n'était plus soumis que lui, dans le fond du cœur et sans aucune réserve , à toutes les décisions émanées ou à émaner du Saint-Siége Apostolique sur la doctrine de la foï et des mœurs , ainsi qu'aux lois de discipline portées par son autorité souveraine.* »

(Lettre du 4 août 1833.)

Cependant cette lettre ne satisfit pas le Souverain Pontife qui s'empressa d'adresser à *l'évéque de Rennes*, en date du 5 *octobre* 1833 , un nouveau *bref*, dans lequel il demandait de **M.** de *Lamennais* qu'il s'engageât *à suivre uniquement et absolument la doctrine exposée dans la lettre encyclique, et à ne rien écrire ou approuver qui ne fût conforme à cette doctrine.*

M. de Lamennais répondit le 5 *novembre*, et sa lettre, que nous citons en entier, est extrêmement importante, parce qu'elle exprime d'une manière claire *la position dans laquelle il entend se maintenir vis-à-vis du Saint-Siége :*

« Très Saint Père,

» Il me suffira toujours d'une seule parole de Votre Sainteté, non seulement pour lui obéir en ce qu'ordonne la religion, mais encore pour lui complaire en tout ce que la conscience permet.

» En conséquence de la *lettre encyclique* de Votre Sainteté, en date du 13 *août* 1832, contenant des choses de nature diverse, je déclare :

» 1° Qu'en tant qu'elle proclame, suivant l'expression d'*Innocent* Ier, *la Tradition apostolique*, qui, n'étant que la révélation divine elle-même, perpétuellement et infailliblement promulguée dans l'Eglise, exige de ses enfans une foi parfaite et absolue, j'y adhère *uniquement et absolument*, me reconnaissant obligé, comme tout catholique, à ne *rien écrire ou approuver qui y soit contraire ;*

» 2° Qu'en tant qu'elle décide et règle différens points d'administration et de discipline ecclésiastique, *j'y suis également soumis sans réserve.*

» Mais afin que, dans l'état actuel des esprits, particulièrement en France, des personnes passionnées et malveillantes ne puissent donner à la *déclaration* que je dépose aux pieds de

4

Votre Sainteté, de fausses interprétations qui, entr'autres *conséquences que je veux et dois prévenir*, tendraient à rendre peut-être *ma sincérité suspecte*, ma conscience me fait un devoir de déclarer que, selon ma *ferme persuasion, si, dans l'ordre religieux, le chrétien ne sait qu'écouter et obéir, il demeure, à l'égard de la puissance spirituelle, entièrement libre de ses opinions, de ses paroles et de ses actes dans l'ordre purement temporel.* »

Cette nouvelle *déclaration* ne fut pas accueillie plus favorablement que la première. Aussi, dès le 28 du même mois, le pape s'empressa-t-il d'adresser à l'*évêque de Rennes* un *second bref*, dans lequel il était dit : « Nous croirions nous rendre coupable si nous gardions le silence sur une affaire si importante. Notre sollicitude nous presse de recourir promptement aux remèdes, dès qu'il s'agit du salut des ames. C'est pourquoi nous avons fait connaître à M. de *Lamennais l'excès de notre affliction*, etc. »

Harcelé de toutes parts, délaissé par son *frère*, dont l'*évêque de Rennes* eut l'indélicatesse de *rendre publique une lettre confidentielle;* pressé par de nombreux amis, M. de Lamennais eut la faiblesse de demander repos et merci ; il écrivit le 11 *décembre* la déclaration par laquelle il s'engageait à *suivre uniquement et absolument la doctrine de l'encyclique du* 15 *août* 1832. Mais bientôt las du *silence* auquel on l'avait si arbitrairement condamné, l'éloquent écrivain se révolta contre sa propre faiblesse ; il rompit avec éclat le ban qu'il s'était

imposé; il eut regret de la *concession* qu'il avait faite à l'igno-
rance, à l'envie, aux préjugés les plus absurdes ; la conscience
de la vérité le débordait ; il voulut sortir franchement [de la
fausse position dans laquelle il s'était engagé , et les *Paroles
d'un Croyant* ne tardèrent pas à dissiper toute équivoque sur
ses *sentimens réels.*

Ce livre souleva bien des tempêtes.... Il fut accueilli comme
il devait l'être par les souverains de l'Europe. L'un d'eux, *Grégoire* XVI, s'empressa de rallumer ses foudres mal éteintes, et,
le 25 *juin* 1835, une *nouvelle lettre encyclique* condamnait
*comme fausses, calomnieuses, téméraires, conduisant à l'a-
narchie, contraires à la parole de Dieu, impies , scandaleu-
ses, erronées,* etc., les doctrines du *Croyant.*

Le *vénérable pasteur des peuples* est rentré dans la *vie
privée,* tout entier à ses graves études et à ses travaux (1). »

(1) « *La Chenaie,* à deux lieues de *Dinan,* dans le département
d'*Ille-et-Vilaine,* fut achetée par le bisaïeul de M. de Lamennais, et est
restée la propriété de l'illustre écrivain.

TEXTES SACRÉS.

†

SUJETS

DE MÉDITATIONS QUOTIDIENNES

AU PIED DE LA CROIX

DE NOTRE DIVIN RÉDEMPTEUR,

JUGE SUPRÊME DES VIVANS ET DES MORTS.

« Noli negligere gratiam quæ data est tibi
Cum impositione manuum præsbyterii. »
« Attende tibi et doctrinæ. »
« Hæc *meditare*, in his esto. »   (1. Timoth.)

« O Timothee, depositum custodi, devitans profanas vocum novitates, et oppositiones falsi nominis scientiæ, quam quidem promittentes, circà fidem exciderunt. »   (*Ibid.*)

« Hoc autem scito, quòd in novissimis diebus instabunt tempora periculosa.

» Erunt homines seipsos amantes, elati, superbi, ingrati, protervi, tumidi... Et hos devita... Hi resistunt veritati, homines corrupti mente, reprobi circà fidem...

» Sed ultrà non proficient, insipientia enim eorum manifesta erit omnibus. Seductores proficient in pejus, errantes et in errorem mittentes.

» Erit enim tempus, cùm sanam doctrinam non sustinebunt, sed ad sua desideria coacervabunt sibi magistros prurientes auribus, et à veritate quidem auditum avertent, ad fabulas autem convertentur.

» Sermo eorum ut cancer serpit.

» Resipiscant à diaboli laqueis à quo captivi tenentur. »

(*Ex Epistolis* B. Pauli *ad* Timoth.)

« Magis eligentes sententiam suam non corrigere perversam, quàm mutare defensam. » (S. Aug. *de Trinitate, Cap. I, lib. I.*)

« Videri volunt scire quæ nesciunt. » (*Ibid.*)

« Nolite exaltare cornu... Nolite exaltare in altum cornu vestrum... Nolite loqui adversùs Deum iniquitatem, quoniam Deus judex est. » (*Ps. 74.*)

« Exsurge, Domine, præveni eum, et supplanta eum. » (*Ps. 16.*)

« Et confundantur, et pereant. » (*Ps. 82.*)

« Ecce ego ad te, superbe, dicit Dominus Deus, quia venit dies tuus, tempus visitationis meæ.

» Et cadet superbus, et corruet, et non erit qui suscitet eum. » (Jerem., *L.*)

« Dies Domini super omnem superbum, et super omnem arrogantem, et humiliabitur. » (Isaï, *XI.*)

« Antè faciem meam foderunt foveam, et inciderunt in eam. » (*Ps. 56.*)

« Memoriam superborum perdidit Deus. » (*Eccl., X.*)

« Tu ergò, fili mi, confortare in gratiâ quæ est in Christo Jesu; et quæ audisti à me, hoc commenda fidelibus hominibus qui idonei erunt et alios docere.

» Intellige quæ dico : dabit enim tibi Dominus in omnibus intellectum.

» Hæc commone, testificans coràm Domino; noli contendere verbis; ad nihil enim utile est, nisi ad subversionem.

» Sollicitè cura teipsum, operarium inconfusibilem, rectè tractantem verbum veritatis.

» Servum Domini non oportet litigare, sed corripientem eos qui resistunt veritati.

» Si quis aliter docet, et non acquiescit sanis sermonibus Domini Nostri Jesu Christi, et ei quæ secundùm pietatem est doctrinæ, superbus est, nihil sciens, sed languens, circà questiones et pugnas verborum; ex quibus oriuntur invidiæ, contentiones, blasphemiæ, suspiciones malæ, conflictationes hominum mente corruptorum, et qui veritate privati sunt.

» Fidelis sermo, et omni acceptione dignus. »

(*Ex duabus Epistolis* B. Pauli *ad* Timothœum.)

HÆC MEDITARE,
In his esto. (*Ibid.*)

« Audiam quid loquatur in me Dominus Deus, quoniam loquetur pacem in eos qui convertuntur ad cor. » (*Ps.* 34.)

FRAGMENS
D'UN POÈME INÉDIT

SUR

LA PREMIÈRE RÉVOLUTION FRANÇAISE.

FRAGMENS
D'UN POÈME INÉDIT

SUR

LA PREMIÈRE RÉVOLUTION FRANÇAISE.

Le lecteur trouvera peut-être que les fragmens qui suivent d'un poème inédit composé par moi, il y a cinq ans, sur la première révolution, ne seront pas déplacés à la suite de ma deuxième épître à M. de Lamennais, dont les actes, les écrits et les mauvaises doctrines religieuses et politiques ne tendent à rien moins, on le nierait en vain, qu'à nous ramener les jours d'horrible mémoire, pour lesquels je n'ai eu ni assez de fortes , ni assez de noires couleurs. On y verra d'ailleurs que , dans ses séditieuses et folles prédications , le prêtre ambitieux n'a été que le froid et pâle imitateur des philosophes , des prétendus philantropes et des scélérats qui ont troublé et fait tomber tant de têtes , mais qui , pour la plupart, ont payé de la leur ou de l'exil leurs monstrueuses doctrines.

Premier Fragment.

. . . .
. . . .

Quand , semblable au démon, le blasphême à la bouche ,
L'impiété cruelle, au regard faux et louche ,
Répandant tout-à-coup sa rage et son venin ,
Osa dire aux Français : « Tout ne fut que destin ;
» Le hasard est seul Dieu, n'en redoutez pas d'autre ,
» Et voyez tous en moi son véritable apôtre :
» Je viens vous éclairer et rétablir vos lois;
» Je viens régir le monde, en chasser tous les rois,

» Ces orgueilleux tyrans nourris dans la mollesse ,

» Et dont la seule force est dans votre faiblesse.

» Levez-vous ! d'un Dieu vain renversez les autels !

» Exterminez des rois les enfans criminels ;

» Que leurs trônes affreux , dévorés par la foudre ,

» Croulent, et que les vents s'en disputent la poudre !... »

L'impiété se tait, sourit, et dans les cœurs

Fermentent ses poisons et ses noires fureurs.

Aussitôt dans Paris on s'assemble , on murmure ;

L'impiété triomphe, et , de sa bouche impure

Méditant les leçons, les Français égarés ,

Des autels saints, par eux si long-temps honorés,

Font de leur main impie une horrible hécatombe ,

Et profanent des morts la mémoire et la tombe.

En cent lieux massacrés , les prêtres éperdus

Meurent, les yeux levés et les bras étendus

Vers la croix, où le Dieu qui toujours les inspire,

Pour racheter le monde endura son martyre.

Tout est chaos affreux ; et partout chaque rang ,

Chaque état sont bientôt confondus dans le sang.

Il n'est rien de sacré : bourreaux inexorables ,

Des monstres inhumains , furieux , exécrables ,

Courant sans nul remords de forfaits en forfaits ,

De la férocité raffinent tous les traits.

Dans les bras maternels , ici la jeune fille ,

Seul et charmant espoir de sa tendre famille ,

Succombe ensanglantée ; et le fils généreux ,
Affrontant sans pâlir un trépas glorieux ,
Pour conserver les jours de son noble et vieux père ,
Sur sa pieuse tête attire la colère
Des tyrans altérés du plus pur sang français,
Et dont les noms cités diraient tous les excès.
Là , ce sont des vieillards , là , l'enfance timide ,
Moissonnés tour à tour par la hache homicide.
Ce n'est pas tout encore.... Eternelle douleur !!!
Un dernier attentat restait à leur fureur...
Leurs sacriléges mains , au crime façonnées ,
Ont de l'*oint* du Seigneur tranché les destinées...
De l'indigne échafaud (d'horreur et de mépris
Epouvantable objet) , *le fils de saint Louis* ,
Glorieux , monte au ciel où l'attend la couronne
Qu'à ses heureux élus Dieu seul promet et donne.

Mais pourquoi rappeler cette œuvre des enfers ,
Nos princes exilés , tous les maux qu'ont soufferts
En cet âge sanglant nos aïeux misérables?
Oubliant, s'il se peut, des jours si déplorables,
Pardonnons aux bourreaux, et pensons qu'autrefois
Le *Christ* en pardonnant s'éteignit sur la croix.

.   .   .   .

.   .   .   .

. . . .
. . . .

Quand des cris déchirans se font partout entendre...
Rome est-elle détruite et ses palais en cendre?
Redoutez-vous, chrétiens, que le saint Vatican ,
Par les feux dévorans d'un horrible volcan
Embrasé tout-à-coup, ébranlé sur sa base
A vos yeux fléchissante, en tombant vous écrase ?
Non : des bords de la Seine accourus à grands pas ,
Vandales furieux, précurseurs du trépas ,
Et plus à craindre encor que la lave brûlante ,
De sanglans bataillons suivis de l'épouvante ,

Dans la pieuse ville, aux chants de *liberté*,
Sont conduits par l'atroce et lâche impiété.
O cité déplorable! ô militante Eglise!
Il te faut dans ton Chef, malheureuse et soumise,
Supporter avec foi l'amertume et les fers...
Mais un jour le *Très-Haut*, maître aussi des enfers,
Ecrasera l'impie, exaltera ta gloire,
Et du plus haut des cieux bénira ta victoire.

Au sein du Vatican, aussitôt envahi
Par de hideux soldats, le Pontife est trahi.
Malgré son peuple en pleurs, on le prend, on l'entraîne :
Sa sainteté, ses ans et la pourpre Romaine,
Sa douceur, son courage et son auguste aspect,
Rien n'impose aux soldats la pitié, le respect.
Mais le Pontife saint, pardonnant à l'outrage,
Bénit tous ses enfans pressés sur son passage.
Il leur donne l'exemple, et la religion
Abattue, enchaînée, éclaire leur raison ,
Adoucit les chagrins, apaise les alarmes,
Et fait répandre enfin de moins amères larmes.

. . . .

. . . .

Confiant en son Dieu, le noble *Sixte Pie*,
Tranquille, s'abandonne à la fureur impie
De ses affreux geôliers, sanguinaires tyrans
Que les enfers dans Rome ont vomis triomphans.

Une obscure prison , le blasphême et l'injure ,
Un grossier aliment, une lente torture ,
Du Pontife romain, aux jours d'affliction ,
Éprouvent le grand cœur : mais, ô sainte union !
Des enfans de l'Eglise ô divine constance !
Que pourraient contre vous la cruelle souffrance ,
L'inique et dur exil, le cachot ténébreux ?
Pour la foi fut-il donc jamais de malheureux !
Le saint martyr le sait : aussi , plus grand , peut-être,
Qu'aux temps de sa puissance, on le sait reconnaître ;
Sa résignation , sa noble humilité ,
Son courage divin, sa force et sa bonté ,
De ceux qui l'ont suivi font éclater le zèle ,
Et chacun à l'envi lui veut rester fidèle ,
Partager ses douleurs et , le regard serein ,
Le suivre où le conduit un pouvoir inhumain.

Par les soins d'amis sûrs sa fuite préparée,
Malgré mille périls , est dans l'ombre assurée...
Mais ses persécuteurs, qu'aigrit l'impiété ,
Surveillant tous ses pas, l'ont bientôt arrêté.
De nouveau contre lui leur satanique haine ,
Près de *Monterosi* , près du lac de *Bolsène* ,
Dans la *Chartreuse* , à *Sienne* , épanche avec fureur
L'ignoble et noir venin qui déborde leur cœur.
De consolations source tout ineffable !
Prosternés aux genoux du vieillard vénérable ,

D'innombrables chrétiens , les larmes dans les yeux
Et le front dans la poudre , élancent vers les cieux
Et leurs hymnes d'amour et leurs vives prières.
O vertueux martyr ! dans tes nobles misères
Que tu parus sublime à tes fils affligés ,
Et même à tes bourreaux dans la stupeur plongés !
Mais où l'entraînent-ils?... De la belle Italie
Le ciel a disparu... Tu n'as plus de patrie!...
O dernière fureur d'implacables tyrans !
Arrêtez , malheureux ! que du moins ses vieux ans ,
Son sacré caractère et sa longue souffrance
Fléchissent vos rigueurs !... Ils répondent : En France !
Et marchent en avant... Dirai-je tous les noms
Des heureuses cités , témoins des stations
De cet autre *Jésus* , qui , couronné d'épines ,
Soumis avec respect aux volontés divines
Du Dieu de l'univers , toujours juste et clément ,
Souffrait , et comme lui pardonnait au méchant ?
Dirai-je *Briançon* , *Saint-Crépin* et *Savine* ,
Qu'au bonheur de le voir l'Eternel prédestine ?
Embrun , *Gap* , *Cors* , *Lamure* , et *Vizille* , *Tullin* ,
Et *Grenoble* , *Romans* , et puis *Saint-Marcellin* ,
Où des vrais fils du *Christ* postérité fidèle ,
Des Français désolés l'entourent de leur zèle ?
Et toi , *Valence* , et toi , dans les siècles futurs
On redira la gloire et l'honneur de tes murs ,
Que consacre à jamais un dur et long martyre

Qu'affaibliraient les sons de ma trop faible lyre.

Le prêtre si pieux que je cite en mes vers,

Dans ses doctes écrits l'a dit à l'univers (1).

Mais, ô du Tout-Puissant décrets impénétrables!

Dans la sainte cité mille cris lamentables,

Et des temples divins les bourdons ébranlés

Se font partout entendre aux peuples désolés ;

Le soleil tout-à-coup se couvrant de ténèbres,

Plonge le monde entier sous leurs voiles funèbres.

Au nouveau Vatican, l'inévitable mort

Du Père des chrétiens a terminé le sort...

Le Pontife n'est plus... Le juste *Sixte-Pie*,

Par sa pieuse fin a couronné sa vie,

Et de tant de vertus, en ce deuil solennel,

Est monté recevoir des mains de l'Éternel

La palme de martyr, et l'incommensurable,

La pure éternité pour lui s'ouvre ineffable !...

Tout le monde chrétien, par sa mort consterné,

Sur le pavé du temple est partout prosterné.

(1) Nous devons au vénérable prêtre que je cite en effet dans mon poème. ce que je ne dois ni ne puis faire ici, de savans, chrétiens et consciencieux ouvrages, aussi remarquables par l'érudition que par l'élévation, la pureté et la chaleur du style.

Voyez Biographie universelle de
MICHAUD et autres.)

Un long cri de douleur, de regrets, de détresse,
Dit Rome sans Pontife et sa juste tristesse...
Mais avec la prière et l'encens répandu ,
Ce noir gémissement aux cieux est parvenu :
Dans l'antique Italie , un moment moins esclave ,
On assemble bientôt le suprême conclave
Où doit se voir élu de notre intercesseur
Auprès du Dieu vivant le digne successeur.

. . . .

. . . .

Enfin , plus radieux , plus pur à son aurore ,
De riantes couleurs le soleil se colore :
Ce jour est consacré par le Maître divin
A changer de ses fils le rigoureux destin.
A la succession de la pourpre romaine ,
Ce jour doit renouer l'indestructible chaîne
Des siècles écoulés, et mettre dans les mains
Du plus grand en vertus le salut des humains.
Au conclave pompeux déjà l'heure est sonnée
Où par ses concurrens la vertu couronnée,
Des insignes sacrés se revêt en priant :
Un Pontife est élu, de gloire rayonnant.
Le ravissant concert d'harmonieux cantiques
Des temples parfumés fait vibrer les portiques.
Rome ne gémit plus : les chrétiens ont un roi
Vertueux, juste, ferme, et flambeau de la foi.

Du Dieu qui l'a choisi pour le sceptre de Pierre,
Il invoque à genoux la divine lumière,
Pour garder en son cœur l'éternel souvenir :
Qu'il lui faut enseigner, pardonner et bénir.

. . . .
. . . .
. . . .
. . . .

Comme on voit un torrent, que le ciel de ses eaux
A grossi dans son cours, chercher des bords nouveaux,
Rouler impétueux en humides montagnes,
Et ravager partout l'espoir de nos campagnes :
Tel, plus prompt en sa course, et plus terrible encor,
Puissant par son génie autant que par son or,
On verrait un soldat, vainqueur en cent batailles,
De la pompeuse Rome investir les murailles,
Si bientôt, à la voix de son ambassadeur,
De l'église du *Christ*, le chef et le pasteur,
Sur le front glorieux qu'attend le diadème,
Ne volait à Paris imposer le Saint Chrême.

Tout ce que le courage et la plus sainte loi,
Tout ce que la raison, la prudence et la foi
Ordonnent, en ce jour, de noble résistance
A cet ordre inhumain, à cette violence,
Le Pontife l'oppose ; il réclame, il se plaint,
Mais vainement, hélas! on l'entraîne, on l'étreint,
Et, de Rome aussitôt arraché par la force,
Du soldat dédaigneux, du redoutable Corse,
Il est dans le palais : il aborde la cour,
Jadis des rois chrétiens pur et noble séjour.

Le consul est sacré : les Français ont un maître
Qu'ils apprendront un jour à juger, à connaître.
Ces volages Français, hier républicains,
Aujourd'hui dans les fers, embrasseront les mains
Du conquérant altier dont la gloire homicide.......

. . . .
. . . .
. . . .

FIN DES FRAGMENS.

QUELQUE CHOSE ENCORE.

QUELQUE CHOSE ENCORE.

J'ose espérer qu'on ne me saura pas mauvais gré de reproduire ici les sujets suivans qui, s'ils n'ont pas de rapports directs avec ceux que je viens de traiter, ont du moins, par eux-mêmes, un intérêt que toute personne religieuse et amie des arts saura sans doute apprécier.

1° Vers latins adressés au mois de février de cette année, à *Sa Sainteté*, à l'occasion de l'anniversaire de son couronnement par le doyen de la cour suprême ;

2° Ma traduction de ceux-ci en vers français ;

3° Nomenclature des saints Grégoires ;

4° Les Grégoires papes ;

5° Notice sur les *Camaldules ;*

6° Notice sur l'église de Saint-Grégoire, à Rome.

7° Autre notice sur l'église et le monastère des *Camaldules,* à Rome.

Vers Latins

ADRESSÉS A SA SAINTETÉ LE PAPE GRÉGOIRE XVI,

A L'OCCASION DE SON COURONNEMENT.

La France (1). — Mardi, 27 février 1838.

« Les journaux d'Italie, et notamment *le Notizie del Giorno* (nouvelles du jour), en date du 15 février, sont remplis de détails sur les fêtes et solennités auxquelles a donné lieu l'anniversaire du couronnement du pape Grégoire XVI. Le doyen de la cour suprême a adressé, à cette occasion, les vers suivans à Sa Sainteté :

> Salve, Sancte Pater, remeat lux alma latini
>   Quâ tu cœpisti sumere fræna throni.
> Si tibi nulla quies transacto hoc tempore, semper
>   Turbârunt pectus si fera fata tuum ;
> Si mare tranquillum nunquàm, si crudi Aquilones
>   Tentârunt sanctam mergere ad ima ratem ;
> Ne timeas ; tandem cedet truculenta procella,
>   Pacatosque feret prospera stella dies.
> Sit tibi solamen *Jesus* dulcissima *mater;*
>   Ipsa est in cunctis anchora certa malis.

(1) Journal quotidien.

TRADUCTION LIBRE EN VERS FRANÇAIS.

A tes pieds prosternés , nous venons , ô Saint Père !
T'offrir de nos respects un hommage sincère;
Et , fidèles chrétiens , célébrer le retour ,
A nos ames si doux , de l'heureux et beau jour
Où Dieu , dans sa bonté pour nous si paternelle,
T'a choisi pour le chef de l'Église éternelle.
Si pendant ton grand règne et tes pieux travaux
Tu bus jusqu'à la lie un calice de maux ;
Si de tristes destins vinrent troubler ton âme ;
Si du vaste Océan la furieuse lame ,
Si les noirs Aquilons ont battu tes vaisseaux
Et désiré les voir engloutis sous les eaux ,
Ne crains rien , ô Saint Père ! il n'est point de naufrage :
Un plus doux ciel enfin a remplacé l'orage.
Que la reine des cieux , tendre mère du *Christ* ,
Soit de ton noble cœur, ainsi qu'il est écrit ,
La consolation ; car des maux de la vie
Le port le plus certain est l'amour de *Marie !*

NOMENCLATURE DES SAINTS GREGOIRES.

QUATORZE SAINTS GRÉGOIRES.

1. Saint Grégoire Thaumaturge.
2. Saint Grégoire de Nazianze.
3. Saint Grégoire de Nazianze, fils, frère de saint Basile.
4. Saint Grégoire, évêque de Nyce.
5. Saint Grégoire, évêque d'Elvire.
6. Saint Grégoire, évêque de Langres.
7. Saint Grégoire, évêque de Tours.
8. Saint Grégoire Ier, pape.
9. Saint Grégoire II, pape.
10. Saint Grégoire III, pape.
11. Saint Grégoire d'Arménie.
12. Saint Grégoire d'Utrecht (né en France).
13. Saint Grégoire d'Arménie, évêque et martyr.
14. Saint Grégoire de Gergenti.

SEIZE GRÉGOIRE PAPES.

1. Saint Grégoire Ier, romain.—Règne : 11 ans, mort en 590.

2. Saint Grégoire II, romain.—Règne : 15 ans, mort en 731.

3. Saint Grégoire III, syrien.—Règne : 10 ans, mort en 741.

4. Grégoire IV, romain.   —Règne : 16 ans, mort en 844.

5. Grégoire V, saxon.   —Règne : 2 ans, mort en 999.

6. Grégoire VI, romain.   —Règne: 2 ans, mort en 1047 (renonça à la papauté).

7. St Grégoire VII, toscan. —Règne : 12 ans, mort en 1085.

8. Grégoire VIII, de Bénévent. —Règne : un mois 28 jours, mort en 1187.

9. Grégoire IX, d'Anagni. — Règne : 14 ans, mort en 1241.

10. *Bienheureux* Grégoire X, de Plaisance. — Règne: 4 ans, mort en 1270.

11. Grégoire XI, limousin. — Règne : 7 ans, mort en 1478.

12. Grégoire XII, vénitien. —Règne : 2 ans, mort en 1417.

13. Grégoire XIII, bolonais. —Règne : 12 ans, mort en 1585.

14. Grégoire XIV, milanais. —Règne : 10 ans, mort en 1591.

15. Grégoire XV, bolonais. —Règne : 2 ans, mort en 1623.

16. Grégoire XVI, Maure Capellari, né à Bellune le 18 septembre 1765 ; cardinal le 21 mars 1825 ; élu pape le 2 février 1831, de l'ordre religieux des *Camaldules*, fondé par saint Romuald.

NOTICE SUR LES CAMALDULES.

« Les religieux fondés par *saint Romuald* suivent la règle de *saint Benoît*. Ils sont ainsi nommés du village *Camaldoli*, dans la *Toscane*, où fut bâti le *premier* monastère de cet ordre, vers l'an 1009. Ces religieux sont habillés de *blanc*, et *saint Romuald* adopta cette couleur, parce que, dans une vision dont Dieu le favorisa, il vit plusieurs personnes vêtues de *blanc*, monter par une échelle dont le sommet s'élevait jusqu'au ciel. »

Voici quelques traits intéressans qui concernent cet illustre solitaire, tirés de nos *Anecdotes italiennes*.

« Romuald, né à Ravennes de parens illustres, se sentant inspiré de Dieu pour embrasser la vie d'ermite, se mit sous la conduite d'un saint homme nommé *Marin*, orné de toutes les vertus, excepté la douceur. Marin traita son élève avec tant de dureté, qu'il eût été capable de se dégoûter du genre de vie qu'il avait choisi, si sa vocation eût été moins affermie. Toutes les fois que le jeune Romuald faisait quelque faute en lisant,

l'impitoyable Marin le reprenait par un grand coup de ba-
guette qu'il lui donnait sur la tête, du côté gauche. Romuald
souffrit long-temps ce traitement rigoureux avec une patience
héroïque. Enfin il dit un jour à Marin : « Mon maître, je suis
» presque devenu sourd du côté gauche, je vous prie d'avoir
» la bonté de me frapper désormais du côté droit. » Ces paroles adoucirent un peu la rigueur de Marin.

» Romuald, accoutumé à être rudement traité, contracta quelque
chose de la dureté de son maître. Il fit lui-même un acte de sévérité, qui allait sans doute fort au-delà des préceptes de la cor-
rection fraternelle. Ayant été informé que son frère *Sergius*,
après avoir embrassé la vie monastique, songeait à quitter le
cloître pour rentrer dans le monde, Romuald, enflammé d'un
zèle qui n'était pas réglé par la prudence, courut à son couvent,
lui mit les fers aux mains et aux pieds, et l'accabla de coups
jusqu'à ce qu'il lui eût fait promettre de rester dans la religion
qu'il avait embrassée.

» Il y a en France une congrégation de *Camaldules* qui porte
le nom de *Notre-Dame de Consolation*. Les monastères de cette
congrégation doivent toujours être situés à la distance de qua-
tre à cinq lieues des grandes villes. »

(*Dictionnaire historique des cultes religieux établis dans le
monde, depuis son origine jusqu'à présent ; par* DELACROIX.
— 1777.)

NOTICE

SUR L'ÉGLISE DE SAINT-GRÉGOIRE A ROME.

Cette église est située sur le *Mont-Celius*, du côté de l'ancien *Clivus Scauri (montée de Scaurus)*. Cette montée est entre cette église et celles de *Saint-Jean* et de *Saint-Paul* ; elle prit son nom de la famille consulaire des *Scauri*, qui avait sa maison dans ces environs.

Le pontife *saint Grégoire*, qui descendait de l'ancienne et noble famille *Anicia*, avait aussi sa maison paternelle près de cette montée. Vers l'an 584, il en fit un monastère de moines, où il habita lui-même avant son pontificat. Il y érigea une église en l'honneur de l'apôtre *saint André*, qui existe encore.

Après la mort du même saint Pontife, on y construisit l'église de *Saint-Grégoire*, à l'endroit même ou était un temple de Bacchus. En 1633, le cardinal *Scipion Borghèse* y fit faire un escalier et la façade sur le dessin de *Jean-Baptiste Soria*, ainsi qu'un portique orné de colonnes, de plusieurs inscriptions sépulcrales, et de diverses peintures de *Nicolas Pomarancio*.

Les *Camaldules* qui y sont actuellement, rebâtirent l'église sur le dessin du père *Joseph Serratini*, *camaldule*, et de *Ferrari François*, qui la termina en 1734. Elle est à trois nefs, ornée de seize colonnes en grande partie de granit, et la voûte est de *Placide Constanzi*. Le tableau du premier autel, à droite, est de *Jean Parcher*, anglais; celui du deuxième est de *François Mancini*, et celui du troisième est de *Ferdinandi*, dit *Imperiali*. Les uns croient que le tableau de *saint Grégoire*, dans la chapelle suivante, est de *Sixte Badalochi*; d'autres pensent qu'il est d'*André Sacchi*. Le tableau du maître-autel est d'*Antoine Balestra*. Celui de la *Conception de la Sainte-Vierge*, sur l'autel suivant, est aussi de *Mancini*. La *Vierge*, avec plusieurs *Bienheureux camaldules*, dans la chapelle suivante, est de *Pompée Battoni*, et le *saint Michel*, dans la dernière, est de *Jean-Baptiste Bonfreni*.

On passe, de la porte latérale, dans le *cloître des moines*, d'où l'on jouit de la vue pittoresque des *Ruines du palais des Césars*, et où l'on trouve trois anciennes chapelles renouvelées par le cardinal *Baronius*.

La première est dédiée à *sainte Sylvie*, mère de *saint Grégoire-le-Grand*. La statue de la sainte, placée sur l'autel entre deux belles colonnes de porphyre, est sculptée par *Nicolas*

Cordieri, et les peintures de la voûte, que le cardinal *Borghèse* fit construire en 1608, sont de *Guide Reni.*

La seconde chapelle est dédiée à *saint André.* Cette chapelle est l'église érigée par *saint Grégoire-le-Grand,* et où le savant et saint Pontife récita ses éloquentes *homélies.* Le tableau de l'autel, entre deux colonnes de vert-antique, est du chevalier *Roncali. Saint Pierre et saint Paul,* peints sur les côtés de cet autel, sont l'ouvrage du *Guide.*

On admire sur les murs de cette chapelle deux superbes fresques, faites en concurrence par le *Dominiquin* et le *Guide.* Celle à droite, en entrant, qui représente la *Flagellation de saint André,* est du premier; l'autre, vis-à-vis, représentant le même saint adorant la croix en allant au martyre, est du second.

Dans la dernière chapelle de *Sainte-Barbe,* on admire une belle statue de *saint Grégoire,* ébauchée par *Michel-Ange Bornarotti,* et achevée par *Nicolas Cordieri.*

La *table de marbre* placée au milieu de la chapelle, est la même *où saint Grégoire-le-Grand donnait à manger* tous les matins *à douze pauvres pélerins.* Les fresques des murs de cette chapelle sont d'*Antoine Viviano.*

En retournant dans le grand chemin, bordé d'arbres, qui conduit à la *Porte de Saint-Sébastien,* est une rue à droite qui aboutit au sommet du *Mont-Aventin.*

AUTRE NOTICE

SUR L'ÉGLISE ET LE MONASTÈRE

DES CAMALDULES A ROME.

De l'*Arc de Constantin* on descend à *Saint-Grégoire-le-Grand,* église célèbre des *Camaldules*, bâtie sur le *Mont-Celius...*

Le portail est décoré de deux ordres de pilastres, l'un ionique et l'autre corinthien; il forme un très bel effet. Entre le portail et l'église il y a une cour environnée de portiques, formés par des arcades d'ordre ionique, et sous lesquels on voit deux colonnes de *Porta-Santa,* deux autres d'une belle brèche dont les pierres sont blanches, rouges, grises, et quantité de mausolées en marbre rangés avec beaucoup de grace.

L'église de *Saint-André* est de l'architecture du *Dominiquin*. On voit, sur les côtés de l'autel, les deux superbes peintures à fresque du *Dominiquin* et du *Guide*, placées l'une vis-à-vis de l'autre, dans lesquelles ces deux artistes incomparables se sont comme disputé la gloire de la préférence. A gauche est *saint André allant au martyre*, par le *Guide*. L'ordonnance de ce tableau est magnifique. A droite est la *Flagellation de saint André*, par le *Dominiquin* : les figures en sont admirablement bien composées. Ces deux morceaux renferment, l'un et l'autre, des beautés si singulières et si différentes, qu'il est difficile de décider quel est celui qui l'emporte sur l'autre.

Dans la troisième église, qui est celle de *Sainte-Barbe*, on remarque deux colonnes de brèche jaune, une statue de *saint Grégoire* assis, de marbre blanc, commencée par *Michel-Ange* et terminée par *Cordieri*; une grande *table de marbre*, sur laquelle *saint Grégoire* servait tous les jours à dîner à *douze pauvres pélerins*, et où il vit un jour un *ange* qui y occupait une place, ce qui détermina ce saint pape à y ajouter toujours un *treizième pauvre*. On l'observe encore aujourd'hui dans le *palais pontifical*.

SUPPLÉMENT.

La deuxième édition (1837) de la *Réfutation logique et victorieuse des ouvrages de M. de Lamennais*, par M. A. M. Madrolle, me tombe dans les mains. Je ne puis résister au désir de mettre sous les yeux des amis éclairés du catholicisme, ce que cet écrivain, non moins distingué par son zèle et ses principes que par son impartialité, dit page 40, § XXI, et les réflexions que ce passage de son livre me suggère.

J'ose espérer qu'en faveur de la puissante autorité du logicien, vrai fidèle, et de mes intentions, on voudra bien me pardonner cette citation.

M. Madrolle dit donc :

« Ce n'est pas, au reste, que nous nous dissimulions ce qu'il y a de probable, et même de vrai, dans les sinistres prophéties du prêtre apostat. La dégénération dont il est le signe plus que la cause, va si vite, que la marche vers une révolution de pouvoir et de propriété ne saurait se ralentir. Ce n'est pas, ce semble, merveille de voir ce qui n'échappe à personne, et d'annoncer ce que veulent, à leur insu, les majorités. Il est d'ailleurs donné aux conspirateurs de se rendre les prophètes des événemens dont ils seront les auteurs. Elle arrivera, tôt ou tard, la révolution ; mais elle ne sera que le dernier coup porté à la mémoire et à la vie d'un homme de malheur ; car elle ne sera pas autre chose que le travail de l'enfantement de toutes les puissances religieuses, politiques et civiles contre lesquelles il s'est élevé. Tout le monde, dans le monde, et principalement les sophistes et les apostats, vont vite et droit à la souveraineté des autres, le plus souvent sans passer par la leur.

» Lorsqu'ils se trouvent transitoirement souverains, il semble que ce soit pour creuser leur tombeau de leurs propres mains. »

M. Madrolle, dont le talent reconnu peut, certes, se passer de mes louanges, mais aux bonnes doctrines duquel je suis heureux de trouver l'occasion de rendre un hommage public, a prophétisé vrai. Le changement désirable, heureux, s'accomplira. J'aurais dit, comme lui, *la révolution,* si, depuis cinquante ans, ce mot ne rappelait à nos tristes souvenirs, et ne reproduisait, en quelque sorte à nos yeux, que de hideuses scènes d'impiété, de destruction, de carnage et de sang, de corruption et de honteuses apostasies.

M. Madrolle ne sera pas trompé dans ses prévisions ; mais j'aurais désiré que le plan de son ouvrage, d'ailleurs si remarquable, ou que ses préoccupations lui eussent permis d'ajouter une page à celle que je viens de citer, pour appuyer autrement que par des généralités, les motifs sur lesquels il base sa prédiction, et, surtout, les causes qui peuvent et qui doivent en rendre la réalisation certaine pour tous les esprits.

Cette lacune, il m'appartient peu de la combler ; mais dans la voie des témérités, je vais tenter de le suppléer.

Oui, sans doute, et comme M. de Lamennais le dit lui-même dans ses *Paroles d'un Croyant*, à la page 8 : « Quelque chose que nous ne savons pas, se remue dans le monde ; il y a là un travail de Dieu. » Oui, un grand changement se prépare dans le cœur et l'esprit des hommes, et s'élabore par le fait de la volonté du souverain Maître de toutes choses, pour la société humaine, et dans son intérêt. La bonté de Dieu, l'état moral presque désespéré dans lequel nous nous trouvons, et qui n'est pas la fin pour laquelle le Créateur, en nous animant de son souffle, a daigné vouloir que son divin Fils expiât par les douleurs de la croix et rachetât nos péchés, doivent être pour tous les vrais chrétiens et pour tous les hommes éclairés et de bonne foi, une preuve incontestable que la société doit subir un heureux changement, ou disparaître dans l'abîme éternel.

Espérer ce changement, c'est rendre un éclatant et pieux hommage à la Divinité ; mais devons-nous, pouvons-nous nous borner seulement à l'espérance ? Non, il le faut mériter, il le faut conquérir ce changement. Aidons-nous, et, dans l'ardeur et la persévérance de nos brûlans efforts, le ciel ne nous abandonnera pas.

Chrétiens : montrons-en les vertus ; elles sont nombreuses, elles sont grandes ! Ministres de Dieu : que vos paroles, vos exemples et vos actes rendent clair, patent, indubitable à tous les yeux que, pénétrés de la hauteur de votre céleste mission, vous avez une foi pure, ardente ; une charité vive, angélique. Gouvernans : que la raison, l'humanité, la justice, la clémence et la probité président à tous vos actes ; mettant à vos pieds un faux orgueil, une fausse honte, un respect humain ridicule, honorez et faites honorer publiquement le Dieu et la religion de saint Louis dans *le royaume très chrétien*. Enfin, que vos exemples et leur autorité influent sur les peuples et les amènent alors, pour leur bonheur, à vous imiter. Citoyens : soyez soumis aux lois de votre pays ; guides et conseillers éclairés de vos familles, soyez-en les instituteurs, les modèles, les soutiens et les protecteurs ; pratiquez la religion et les vertus qu'elle commande ; honorez et chérissez vos père et mère ; respectez la vieillesse ; travaillez et faites aimer le travail à vos frères ; soyez charitables sans morgue et sans ostentation ; et, à quelques hauts emplois, à quelques richesses, à quelque profession que le ciel vous ait appelés, souvenez-vous que l'iniquité, le mauvais vouloir, l'égoïsme, la cupide improbité et l'ambition coupable, sont de mauvais grains qui produiront pour vous, dont la vie terrestre est si passagère, une éternelle moisson d'éternelles douleurs.

C'est, je le crois du moins, à ces seules conditions que l'heureux changement prévu par **M. Madrolle**, pourra s'opérer. Inexécutées, le monde, quoi qu'en puissent penser et dire de prétendus esprits forts, toujours si faibles lorsqu'ils se débattent sous les dernières étreintes de la mort, le monde s'en va à sa fin intellectuelle et morale.

POST-SCRIPTUM.

POST-SCRIPTUM.

Au moment même où se terminait l'impression de cette brochure, il parvient à notre connaissance un extrait sur M. de Lamennais, et nous nous empressons d'en offrir une partie à nos lecteurs, avec le regret de les priver de citations plus étendues et non moins intéressantes, d'un écrivain aussi distingué par son impartialité que par ses talens.

« C'est en Bretagne, à Saint-Malo, au mois de juin 1782, que naquit, d'une famille d'armateurs et de négocians, Félicité-Robert de Lamennais. Sa première enfance, jusqu'à huit ans, fut extrêmement vive et pétulante. Il mettait en émoi tous ses camarades du même âge par ses malices, ses saillies et ses jeux. Ses maîtres, à l'école, ne savaient comment le maintenir tranquille sur son banc, et on ne trouva un jour d'autre moyen, que de lui attacher avec une corde à la ceinture, un poids de tourne-broche. Vers huit ou neuf ans, cette perpétuelle activité se tourna en entier du côté de l'étude. Il commença à s'appliquer au latin, mais bientôt les événemens de la révolution le privèrent de maîtres. Il était à peine capable de sixième ; son frère, un peu plus avancé que lui, le guida pendant quelques mois.

» Après quoi, le jeune *Félicité* ou *Féli* (1), livré à lui-même et altéré de savoir, lut, travailla sans relâche et se forma seul. C'était à la campagne, chez un oncle qui avait une belle bibliothèque. L'enfant s'y introduisait, enlevait les livres et les dévorait ; il ne se couchait qu'avec un volume. Pièces de théâtre, romans, histoire, voyages, philosophie et sciences, tout y passait..... A dix ans, il avait lu *Jean-Jacques*..... il s'essayait dès-lors à de petites compositions. Vers douze ans, il apprit le grec.....

» Placé chez un curé du pays, à l'époque de sa première communion, les développemens qu'il entendit éveillèrent sa contradiction sur quelques points ; l'amour-propre se mit en jeu, les argumens philosophiques qu'il avait lus lui revenaient en mémoire.....

» L'âge des emportemens et des passions survint ; il le passa, à ce qu'il paraît, dans un état, non pas d'irréligion, mais de

(1) *Félicité* ou *Féli* par abréviation. Ses disciples l'appellent encore M. *Féli*.

conviction rationnelle sans pratique. Le christianisme était devenu pour le bouillant jeune homme une *opinion* très probable, qu'il défendait dans le monde, mais qui ne gouvernait plus ni son cœur ni sa vie.

» Ce retour imparfait n'eut lieu toutefois qu'après un premier chaos et au sortir des doutes tumultueux qui avaient pour un temps prévalu. Quant à ce qui touche le genre d'émotions auquel dut échapper difficilement une ame si ardente..... je dirai seulement que, sous le voile épais de pudeur et de silence qui recouvre aux yeux même de ses plus proches ces années ensevelies, on entreverrait de loin de grandes douleurs, comme quelque chose d'unique et de profond, puis un malheur décisif.....

» Pour ceux qui cherchent dans les moindres détails des traits de caractère, ajoutons que M. de Lamennais, quand il était dans le monde, avait une passion extrême pour faire des armes et qu'il donnait souvent à l'escrime des journées entières : ce sera un symbole de polémique future si l'on veut. De plus, il nageait avec excès et jusqu'à l'épuisement. Ainsi que Byron, il aimait les violentes courses à cheval ; dans le goût d'Alfieri, de même qu'aux champs, il grimpait à l'arbre comme un écureuil.....

» M. de Lamennais ne fut tonsuré qu'en 1811 et ordonné prêtre qu'en 1817.....

« Heureux celui, dit-il, qui vit de ses revenus, qui n'éprouve
» d'autre besoin que celui de digérer et de dormir, et savoure
» toute vérité dans le pâté de Rheims que nul n'oserait censurer
» en sa présence... Si mes craintes se réalisent, mon parti est
» pris, et je quitte la France en secouant la poussière de mes
» pieds. »

» L'imagination de l'abbé de Lamennais est restée ardente jusqu'à quarante ans. Il eût aimé s'en laisser conduire dans le choix et la forme de ses écrits. Le genre du roman s'est offert à lui mainte fois avec un inconcevable attrait. Son vœu à l'origine, son faible secret ne fut autre, assure-t-il, que celui des poètes, une solitude profonde, un loisir semé de fantaisie, comme l'ont imaginé Horace et Montaigne, ou encore le vague des passions indéfinies, ou l'entretien mélancolique des souvenirs. Il y eut un temps de sa vie où il chérissait la rêverie et la fuite du monde, au point de sauter par-dessus un mur à la campagne, pour ne pas rencontrer un domestique de la maison qui venait par le sentier ordinaire. Mais l'action lui parut un devoir, il se l'imposa, et il attribue à l'effort violent qu'elle exige de lui, l'espèce d'irritation, d'emportement involontaire qu'on a remarqué en plusieurs endroits de ses ouvrages...

» M. de Lamennais n'a rien écrit en fait de pure imagination ou de poésie que de petits fragmens, des espèces d'hymnes ou de proses qui sommeillent dans ses papiers.

« Vous êtes à l'âge où l'on se décide, dit M. de Lamennais ;
» plus tard on subit le joug de la destinée qu'on s'est faite, on
» gémit dans le tombeau qu'on s'est creusé sans pouvoir en sou-
» lever la pierre. *Ce qui s'use le plus vite en nous, c'est la volonté.*
» Sachez donc vouloir une fois, vouloir fortement ; fixez votre
» vie flottante et ne la laissez plus emporter à tous les souffles
» comme le brin d'herbe séchée. »

» Ce conseil donné à une ame malade par M. de Lamennais, pourrait s'adresser à presque toutes les ames en ce siècle, où le

spectacle le plus rare est assurément l'énergie morale de la volonté. Le dix-huitième siècle, lui, en avait une et bien puissante
au milieu de ses incohérences; il la déploya dans des voies de
révolte, et l'épuisa à des ouvrages de destruction. »

(*Critiques et portraits littéraires*, par C. A. SAINTE-
BEUVE. Pages 532, etc., etc. — In-8°; Paris, 1832.

Nous terminerons par les paroles d'un écrivain, dont l'opinion certes ne pourra pas être suspectée de partialité :

« La plus récente tentative, celle de M. l'abbé de Lamen-
» nais, a abouti à l'un des plus tristes spectacles d'égarement
» et de chûte qu'un homme puisse donner aux hommes. »

(M. GUIZOT, sur l'*Université catholique*.)

FIN.

ERRATA.

Page 19, vers 6, *au lieu de :* Et, pour les obtenir, *lisez :* Et, pour se
l'assurer, etc.

Page 24, vers 4, *mettez une virgule après le mot :* guide,

Page 32, ligne 20, *supprimez les mots :* (Note de l'auteur.)

Ibid.,   ligne 21, *au lieu de :* Lerins, *lisez :* Cérins.

Page 54, ligne 11, *au lieu de :* quidem, *lisez :* quidam.

Page 55, ligne 7, *au lieu de :* Exsurge, *lisez :* Exurge.

Page 67, *à la fin de la note, ajoutez :* Cet ecclésiastique fut conclaviste
à Venise, en 1800.

Page 93, ligne 17, *rétablissez ainsi la ponctuation de la phrase sui-*
vante : De plus, il nageait avec excès et jusqu'à l'épuisement, ainsi que
Byron ; il aimait les violentes courses à cheval, dans le goût d'Alfieri ;
de même qu'aux champs, il grimpait à l'arbre comme un écureuil.